Puedes consultar nuestro catálogo en www.picarona.net

No quiero... bañarme
Texto: *Ana Oom*
Ilustraciones: *Raquel Pinheiro*

1.ª edición: febrero de 2017

Título original: *Não quero... tomar banho*

Traducción: *Lorenzo Fasanini*
Maquetación: *Montse Martín*
Corrección: *M.ª Ángeles Olivera*

ZERO
A OITO
www.zeroaoito.pt

© 2012, Zero a Oito. Reservados todos los derechos.
Primera edición en 2012 por Zero a Oito, Edição e Conteúdos, Lda., Portugal
© 2017, Ediciones Obelisco, S. L.
www.edicionesobelisco.com
(Reservados los derechos para la lengua española)

Edita: Picarona, sello infantil de Ediciones Obelisco, S. L.
Collita, 23-25. Pol. Ind. Molí de la Bastida
08191 Rubí - Barcelona
Tel. 93 309 85 25 - Fax 93 309 85 23
E-mail: picarona@picarona.net

ISBN: 978-84-9145-000-9
Depósito Legal: B-21.665-2016

Printed in Portugal

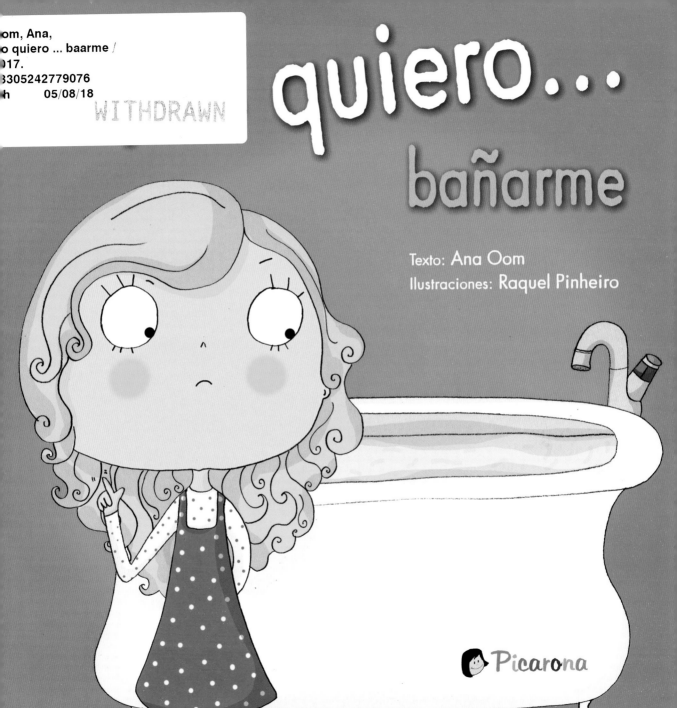

quiero...

bañarme

Texto: Ana Oom
Ilustraciones: Raquel Pinheiro

Picarona

Todo el mundo reconocía los **rizos rubios** de Mafalda. Eran largos y tan dorados que parecía que el sol **brillaba** en su cabeza. Cuando alguien la veía, aunque fuera de espaldas, sabía que era ella. Su cabello era único...

Mafalda

Al llegar a casa, Mafalda **se entretenía** horas y horas en su cuarto, hasta que finalmente su mamá le decía:

—¡Mafaldita, ve a **bañarte**!

Enseguida, ella inventaba una excusa:

—¡Ahora no puedo! ¡Estoy haciendo un dibujo para papá!

La mamá seguía animándola:

—Venga, así luego tendrás más tiempo para jugar con tus muñecas…

Pero Mafalda no daba un paso. En fin, ¡bañarse era un gran esfuerzo! Cada día, cuando su mamá la llamaba, ella encontraba nuevas excusas para no bañarse.

Una tarde, después de que su mamá
la llamara varias veces, Mafalda le contestó:

—¡Mamá, ya me bañé ayer,
hoy no lo necesito!

—Ayer también comiste, y hoy has
desayunado, has almorzado e incluso
has merendado… Quizás no necesites comer
la lasaña que estoy preparando
para la cena… —añadió su mamá.

La lasaña era su plato preferido,
así que Mafalda lo pensó y dijo:

—Vale, pero me llevo un juguete...
¿puedo?

La mamá asintió:

—Escoge una muñeca, así puedes darle
un baño.

Cuando la bañera estuvo llena,
Mafalda metió la mano en el agua y gritó:

—¡Ay! ¡Está hirviendo!

La mamá abrió el grifo
del agua fría, pero Mafalda siguió
quejándose:
   —¡No, ahora está demasiado
llena! ¡Me voy a ahogar!

Cuando la mamá vació un poco
la bañera, Mafalda le dijo:

—¡Quiero darme un baño de espuma!

La paciencia de su mamá ya estaba a punto
de agotarse, así que se dio la vuelta y le dijo,
exasperada:

—Vale, añade más gel de baño, pero
luego métete enseguida en la bañera,
¿de acuerdo?

De repente llegó al cuarto
de baño un olor a quemado y la mamá
gritó, desconsolada:

—¡Oh, no! ¡Se me ha quemado la lasaña!
—fue corriendo a la cocina.

Finalmente, Mafalda se había salido con
la suya. Ya no **se bañaría**, porque su mamá
tenía que preparar otra cosa para la cena.
Pero sabía que la regañaría de un momento a otro:

—Mafalda ¿Has visto qué ha pasado? ¡Hemos
desperdiciado un montón de agua, y ahora
está fría, nos hemos quedado sin cena
y tú no te has bañado finalmente!

21

Cuando a la mañana siguiente Mafalda
llegó a la escuela, sus amigas le dijeron:

—Hoy el fotógrafo nos va a hacer
las fotos de clase, ¿te acuerdas?

Pero Mafalda se había olvidado de ello
por completo. Miró a sus amigas y vio que todas
estaban muy arregladas. Una llevaba un vestido
lleno de flores, otra se había puesto lacitos
en el pelo y ella, en cambio, no se había
preparado, ni siquiera se había dado
un baño, ni lavado el cabello.

Unos **días más tarde,** cuando la maestra les enseñó la foto, Mafalda quedó muy decepcionada con lo que vio. Todos sus amigos salían guapos, elegantes y sonrientes.

—¡Estoy **horrible**! ¡La coleta no se me aguantaba con el pelo sucio y mis rizos rubios no han quedado nada brillantes! —dijo muy triste.

2+1=3
2+2=4

25

Entonces Mafalda comprendió que bañarse
es **muy importante**, porque hace
que todo el mundo se sienta mejor y tenga
un aspecto más bonito y cuidado.

Aquella tarde, cuando la mamá fue
a su cuarto para decirle que se diera un baño,
Mafalda **no protestó**. Fue directamente
a la bañera, entró y se bañó.

Mafalda jugó con la espuma,
se disfrazó de hombre barbudo, se hizo
un gran peluquín y disfrutó muchísimo.
Y a partir de entonces, bañarse
se convirtió en el momento más
divertido del día.

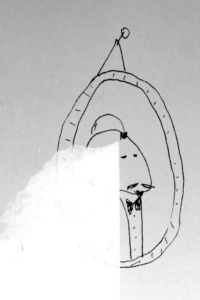

For Friends, A.McQ

Copyright © 2001 Zero to Ten Limited
Text copyright © 2001 Austin McQuinn, Illustrations copyright © 2001 Austin McQuinn

First published in Great Britain in 2001 by Zero to Ten Limited
327 High Street, Slough, Berkshire, SL1 1TX

Publisher: Anna McQuinn
Art Director: Tim Foster
Senior Editor: Simona Sideri
Publishing Assistant: Vikram Parashar

J122,396
£10.47

A CIP catalogue record for this book is available from the British Library.

ISBN 1-84089-199-8

Printed in Hong Kong

"This will take forever..."

Austin McQuinn

Mimi adores her old green accordion.

Every Tuesday
at three o'clock she has
a lesson with her teacher,
Mr. Boole.

This morning, she must practise her new tune. But it's hard to learn.

"This will take forever..." says Mimi.

So she decides
to have a sweet.

"Mmmmmm... coconut!"

Suddenly the phone rings!
It's Claude and he wants
to read her his new poem.

"Come for lunch and read it
then," says Mimi.

("This will take forever..."
she thinks.)

"I'd better go to the shops," says Mimi.

"I'll get some cheese and nice bread... and maybe a cheesecake. Yummmmmmmmm! It won't take five minutes."

But the supermarket
is really busy, and
Mimi has to queue.

"This will take
forever..."
she thinks.

Then Mimi dashes round to the flower shop.

There are so many beautiful flowers - what a choice!

"This will take forever..." thinks the florist.

"Hello Claude!
Have you been waiting?

I've bought lunch,
so let's eat and then
you can read your
new poem!"

(She's looking forward
to the lovely cheesecake!)

After lunch, Claude
reads his poem.

"This will take forever..."
thinks Mimi,
"and my music lesson
is at three. I really
should be practising!"

BONG! BONG! BONG!
It's three o'clock.

"My music lesson...
I'm SO LATE!" says Mimi.

Mr. Boole is waiting.

"We'll begin with your new Waltz," he says, "this will take forever..."

But music is such FUN!

Mimi and Mr. Boole just love their accordions.

They could play
FOREVER!